U0008675

學校怪談②

保健室的睡美人

學校怪談編輯委員會 編著
五彩恭子 插畫

目錄

呵呵呵呵
活靈活現
我就是傳聞中的幽靈界公主!!

詛咒通訊報

VOL. 1

日本民間故事會
學校怪談
編輯委員會
發行

久等了！大家期待已久的詛咒和離奇事件特輯終於來報到啦！你要從哪一則開始看？

學校有很多地方都受到了詛咒，經常會聽到「在這裡做○○，就會遭到詛咒」之類的傳聞。到底哪些地方有哪些詛咒!?先來聽聽有關體育館的傳聞吧。

☆繞體育館走五圈後，說「完了」，就會被人刺殺。（三重縣津市　N・Y　8歲　男生）

☆晚上，大家上床睡覺後，體育館傳來拍球的聲音，只要有人走進體育館，就會死翹翹。（香川縣　M・R　9歲　女生）

☆在體育館放球的大籃子裡轉十圈，再說「球」，就會送命。（長野縣松本市　T．K　9歲　男生）

☆四點去體育館後面，就會發生不幸。我去實驗了一下，結果真有其事。（石川縣小松市　U．M　9歲　女生）

☆以前的校長在學校的地下室被人殺害了。只要有人看體育館牆上的「十字架」，就會遭到詛咒。（富山縣富山市　N．S　8歲　女生）

☆體育館下方以前是墓地，之前死在這個學校的女孩，她的墳墓就在體育館中心的位置。如果四個人站在那裡說：「都是我不好。」然後鞠躬三次，就會聽到有人回答：「沒關係，我也有錯。」不一會兒，就會聽到咔、咔的聲音，其中的一個人會消失，第二天就會發現那個消失的人，手拿跳繩的繩子，死在前一天站的地方。（靜岡縣榛原郡　N．K　11歲）

☆站在體育館中心幾秒鐘就會死。遊樂園的救生圈堆上有一根木棒，繞木棒走三圈，幽靈就會現身殺人。（千葉縣夷隅郡　T．K　9歲　女生）

☆學校禮堂有兩條線，在比較粗的那條線上踩二次，然後在細線上踩一次，厄運就會降臨！（石川縣石川郡　D．A　2年級　女生）

☆這是本校的七大靈異之一，在體育館後面丟球，就會出現斷頭台，會被砍頭喔。（千葉縣千葉市　T．N　8歲　男生）

沛沛的鬼話連篇

大家整天都在說鬼故事、鬼故事，但你知道這個名稱是怎麼來的嗎？其實就是有一個鬼在講故事，大家覺得很可怕，所以，鬼在講故事，就變成了「鬼故事」。鬼故事這三個字真的是這麼來的嗎？

☆聽說兩個男生和兩個女生一起走過體育館後面，窗戶玻璃就會破掉。我們學校以前是墓地。（岐阜縣岐阜市　H・S　7歲　男生）

☆學校的體育館建了很久，聽說體育館那兒以前是墓地，正中央的下方埋了骷髏。如果站在那個位置，就會倒大楣。（茨城縣　I・K　10歲　女生）

☆聽說我朋友學校的體育館下面是墓地，去體育館的廁所，就會遭到詛咒。（福岡縣春日市　I・M　10歲　女生）

學校以前是墓地!?經常聽別人說這種事，沒想到居然真有這麼回事。

☆我們學校有一個受到詛咒的墓，如果踩到那裡，就會倒楣。（宮城縣名取市　S・M　10歲　女生）

☆有人說，我們學校以前是墓地，學校每年都會有一個人住院。爲什麼呢？可能是被幽靈附身了。（東京都小金井市　S・Y　9歲　女生）

☆隔壁班的教室以前是墳墓，聽說在學校笑七次，就會受到詛咒。（靜岡縣燒津市　H・S　10歲　女生）

☆學校旁的墳墓有四根塔形木牌，看那裡就會走衰運。（埼玉縣戶田市　K・T　9歲　男生）

☆從學校的廁所可以看到旁邊的墓地，但如果從廁所

看，災難就會降臨。（東京都新宿區 M．M 9歲 女生）

☆我們學校以前是墓地，一樓廁所是原本墳墓的地方，進去就會受到詛咒……。（神奈川縣橫濱市 M．M 9歲 女生）

☆廁所的黑漬有幽靈附身，如果不小心摸到，就會遭到不幸。還有，用廁所最左側的水龍頭會倒大楣。（千葉縣松戶市 O．A 8歲 女生）

☆在一樓廁所前掉東西，如果不小心打破，小命也會不保。（香川縣觀音寺市 Y．S 9歲 男生）

☆如果在女廁所內說○△□，就會自動沖水。（群馬縣富岡市 I．S／I．M 11歲）

☆在學校廁所的第三間沖水，沖出來的是血。另外，去過第三間廁所的人都會死。（石川縣河北郡　S．S　10歲　女生）

☆學校的廁所天花板有一個黑漬，大家都說那裡是受到詛咒的廁所。（東京都北區　O．A　7歲　男生）

☆去第三間廁所，就會再也走不出來。（東京都目黑區　K．Y　8歲　女生）

☆聽說體育館的女廁所受到詛咒了。（靜岡縣榛原郡　M．Y　10歲　男生）

接下來是有關樓梯的怪談喔!?

☆我們學校通往三樓五年一班的樓梯，有一階特別奇怪。不知道爲什麼會有那一階。如果在那裡跌倒，就會被詛咒。（東京都足立區　O．M　10歲　女生）

☆聽說如果一個人在樓梯上跑來跑去，一定會發生意外。（栃木縣宇都宮市　O．Y　10歲　女生）

☆同學告訴我，不能數學校的螺旋梯有幾階。（香川縣香川郡　M．K　8歲　女生）

☆我們學校有一個「紅色樓梯」，沿著樓梯往上走，有一個盒子，聽說裡面放著骷髏，只要看到骷髏，就會受到詛咒，第二天……就會留在學校到晚上。我不相信，偏偏去試了一下，結果發現是真的。晚上的時候，有一個長頭髮的女人下樓梯，發出「啪嗒、啪嗒」的腳步聲。（北海道富良野市　K・N　9歲　女生）

小龍的休息室　你該不會也有過這樣的經驗！？

第５章　消失的時間

那是不久之前的事……。有一天，我和同學小Ｓ一起玩。沒想到第二天，小Ｓ對我說：「我是前天遇到你。」我驚訝地向他確認，小Ｓ說，昨天他去參加派對（※①），我一定是被飛碟消除記憶了！（※②）（未完待續）

被飛碟抓去的小龍

※①　我確認了好幾次，他都說是真的。

※②　聽說全世界有百分之幾的人會被飛碟抓去做實驗（嗯，真的很可怕）。

☆走北校舍的樓梯時，如果不一階一階走，就會遭到詛咒。從電話那裡跑到圖書館也會受到詛咒。（東京都世田谷區　K・M／T・K／N・M／T・K　9歲和8歲　女生）

☆我們學校所有樓梯都一樣，只要踩到樓梯口下面那一階，就會受到詛咒！只有我們四年二班的人知道這件事，因爲眞的有同學遭到詛咒了！如果不小心踩到，就要重新走一次。但偶爾也有躲過一劫的人。（我也沒有受到詛咒。）（青森縣弘前市　I・M　9歲　女生）

☆如果踩到校門口石階上的腳印，就會受到詛咒。（愛知縣豐川市　J・Y　9歲　女生）

☆學校裡有「踩到就會死的階梯」！聽說有一個同學踩到了，雖然沒死，但受了傷！（神奈川縣逗子市　S・A　10歲　女生）

☆放學後，如果站在樓梯口，腳就會抽筋。（長野縣長野市　O・T　11歲　女生）

☆學校有兩個樓梯，其中一個上下樓梯時，如果不屏住呼吸，就會受到詛咒。（兵庫縣加東郡　T・M　7歲　男生）

☆聽說我們學校的第二自然科實驗室受到詛咒了。（靜岡縣掛川市　D・K　9歲　男生）

接下來是關於走廊的怪談……

☆學校的走廊上有黑色和灰色的污漬，聽說如果踩到黑色的地方，就會遭人暗算。（茨城縣古河市　S．K　8歲　女生）

☆走廊正中央有咖啡色的污漬，聽說如果踩到那裡，詛咒就會上身。（群馬縣桐生市　T．M　10歲　女生）

☆在學校的走廊走路時，走在中間的人會受到詛咒。（群馬縣太田市　K．N　10歲　女生）

☆聽說在學校走在正中央的人會早死。（愛知縣豐橋市　N．M　10歲　女生）

☆走通往體育館的走廊時，如果走在正中央，就會受到詛咒。（新潟縣北魚沼郡　I．Y　9歲　男生）

魔鬼教室　千世真弓子

我讀的那所學校，有幾間教室是七、八年前增建的。因爲學生人數突然暴增，所以在原來的校舍旁增建了A到D的四間教室。

增建時按照A、B、C的順序建造，最後才造D教室，但D教室建了很久都沒有完工。

有人在建造時受了傷，也有工程相關的人離奇死亡，連續發生了好幾件匪夷所思的事。

教室好不容易建好，開始啓用上課後，怪事仍然持續發生。

正式啓用一星期之後，D班的老師突然心臟病發作，一小時後就斷了氣。

之後的老師也因爲精神出了問題去住院了。

於是，那些之前說「只是巧合」的人也覺得那間教室很不吉利而敬而遠之。

每年新分發到那個班級的學生中，就有一個人會送命。所以，我們

吞口水
抖～

都稱那間教室爲「魔鬼教室」。

春天開學時，我們要重新分班。我去佈告欄看分班名單時，看到安田臉色鐵青地站在佈告欄前。

「安田，你怎麼了？」

「……魔鬼教室！」

我順著安田手指的方向望去。魔鬼教室！D班的確有安田的名字。

「別在意啦。」

我輕輕拍了拍他的肩膀。但是，

「啊！」

仔細一看，才發現我的名字也在裡面。

「……我也是D班……。」

「我之前就猜到我是D班，因爲我的運氣向來很差。」

「你想太多了，我向來覺得自己運氣不錯，結果也分到D班。同樣一件事，要怎麼想都可以，可以往好的方向解釋，也可以往壞的方向解釋，總之，這只是機率的問題。」

「機率……。」

「即使抽到了下下籤，反過來想，搞不好代表運勢很強啊。」

「……中川同學，妳眞樂觀。我從小就走衰運，再怎麼想，也不覺得這是好運氣。」

「我說了嘛，這是心情的問題……。」

「反正我知道，下次的預感也會應驗。D班的倒楣鬼一定又是我。」

「你想太多了。」

「今年過年的時候，我去抽了籤，結果抽到的是凶。不管抽幾次都是凶，所以，今年在D班死的那個人是我！」

「這種事，只是偶然的巧合啦！」

「中川同學，因爲妳的運氣很好，才會這麼想。」

我突然覺得他很煩。

「對啊，我運氣很好，從來不覺得自己運氣差。」

「我又抽到了下下籤……。」

他又說了一次，臉色鐵青地衝了出去。

這是我最後一次看到安田。

那天，安田被卡車輾死了。

得知安田去世的消息，我竟然覺得「我就知道！」

……安田就是那個倒楣鬼……。

不久之後，D班恢復了平靜，大家甚至忘記班上少了安田這個同學。沒錯，我也是其中之一。

三天前，放學回家的路上，即將走到大馬路的轉角時，我發現安田揹著書包，走在我前面。那個人絕對是安田。

我驚訝地叫住他：「安田！」他拔腿跑了起來。我不加思索地拚命追了上去。

沒錯，我不顧一切地衝向大馬路……。

「啊！危險！」我似乎聽到背後有人叫道。

然後，就聽到「嘰！嘰！」的煞車聲在腦海中迴響。

D班的教室內，我看到很久以前去世的老師在上課，回頭一看，發現安田坐在我後面聽課。我環視教室內，發現在建造房子時喪生的人、只剩下腿的人，還有很多很多人都貼在教室的牆上，整個教室看起來就像是一座古墓。

今天，我的桌子上放著花。

我忘記了一件重要的事。安田在進D班之前就死了。所以，我才是

那個倒楣鬼。

挑戰你的智慧！

俗諺恐怖館

～初級篇～

意義

靈異的聲音總是趁人不備時出現，使人來不及掩住耳朵。這句諺語的意思是，人永遠都無法預測什麼時候會發生可怕的事。

詛咒通訊報

VOL. 2

日本民間故事會
學校怪談
編輯委員會
發行

有這麼多詛咒和不吉利，不管做什麼都會不幸!?嗯，南無阿彌陀佛，南無阿彌陀佛。

受到詛咒的地方還不止這些。你不注意的地方也可能受到了詛咒!?

☆聽老師說，去游泳池時，如果站在跳台上跳下來就會受傷。有人跳了，結果真的受傷了。那個人還是不信，又跳了一次，結果腳被捲進漩渦送了命。（廣島縣福山市　U・Y　10歲　女生）

☆我們學校有很多地方受到了詛咒！在鐘樓下玩，就會被抓去靈界……。聽說總共有二十個地方！（愛知縣西尾市　S・M　11歲　女生）

☆夏令營的第一天晚上，女生的房間很吵，我跑去一看，發現睡在時鐘下的女生在流鼻血，其他女生都嚇哭了。聽說，睡在那個紅色時鐘下的人鐵定會流鼻血。（千葉縣松戶市　W・K　11歲　男生）

☆老師專用的出入口有一塊地墊，那可不是普通的地墊，上面沾了黑色的血跡，如果不小心踩到，就會一輩子受到詛咒。（埼玉縣埼玉市　T・M　8歲　女生）

☆聽說站在操場正中央，在某個時間，地下會突然伸出一隻手把人拉下去。（大阪府堺市　H・Y　12歲　女生）

☆在操場正中央畫一個圓，左側和右側就會出現陰影，相互打架。如果右側贏了，就會有好事發生；如果左側贏了，就會倒楣。（京都府綾部市　K．K　8歲　男生）

☆我們學校以前是墓地，在午夜十二點的時候，如果觸摸攀爬架上的短棒，就會受到詛咒。（山梨縣富士吉田市　K．Y　11歲　女生）

☆舊校舍的校園裡有一個攀爬架。那裡以前是墳墓，上次有人發現攀爬架頂端插了一塊玻璃。聽說如果摸到那，每天不管睡覺時還是玩耍的時候，都會有幽靈相隨！（福島縣雙葉郡　M．N　9歲　女生）

☆晚上十二點，十個人去鞦韆的地方，就會被妖怪纏上。同時，我們學校有很多眼睛、人臉和人形的黑漬。（福岡縣柳川市　H．M　13歲　女生）

☆如果踩到人孔蓋，就會受到詛咒；如果原本已經受到詛咒，詛咒就會消失。（和歌山縣和歌山市　O．Y　9歲　女生）

☆如果一大清早站在司令台上會流鼻血。（大阪府吹田市　M．S　11歲　男生）

☆木造校舍的木紋圖案看起來好像眼睛。如果走路的時候不跨過去，就會被詛咒。（岡山縣備前市　T．A　11歲）

☆聽說學校後面有幽靈的屍體，如果去那裡，就會受傷。（東京都大田區　H・Y　7歲　女生）

☆放學後到五年級的教室去會受到詛咒。（福島縣相馬郡　Y・M　12歲　女生）

☆如果半夜進去教職員辦公室，就會走不出來。（靜岡縣沼津市　K・A　男生）

☆如果在美勞教室打鬧，就會小命不保。（栃木縣矢板市　W・M　男生）

☆我們學校附近有一座山，聽說如果碰到山上的水窪，一個星期後就會死掉。（埼玉縣比企郡　M・M　女生）

☆學校附近有一棟老舊的空房子，院子裡有一口井，如果向那口井裡張望，第二天早上就會送命。我想去看那口井，但那院子太可怕了，我不敢去看。房子附近還有一片竹林，那是一個很奇怪的地方。聽說以前有好幾個小孩在那裡不見了，所以那兒有一股怨氣……？（岐阜縣關市　M・M　11歲　女生）

☆走進圓圈，就會被裡面的樹木詛咒。（京都府京都市　K・S　9歲　男生）

☆在沖繩遇到T字路時，如果位在路衝的房子沒有「石敢當」（※①）就很危險。某一個下雨天，我撐著紅黑相間花色的雨傘，走近沒有石敢當的路衝房子附近時，有人拍我的肩膀，我一回頭，發現有東西站在我前面。結果，我回家的路上都一直看著後面。（沖

繩縣宜野灣市　K．N　13歲　男生）

※① 驅魔鎮邪用的石碑。

受到詛咒的不光是地點而已，椅子、鋼琴或是你身邊的「東西」也受到了詛咒！

啊～!!
這面鏡子受到詛咒了!!
每次都把我照得這麼醜!!
哈哈，妳就一輩子……
這麼以為吧……

☆半夜下雨的時候，如果去海邊，就會被大海吞沒。（神奈川縣中郡　T．K　8歲　男生）

☆聽說穿紅色拖鞋走進學校的第三間廁所，就會受到詛咒。（鹿兒島縣霧島市　K．S　10歲　女生）

☆學校廁所的水是「詛咒水」，最可怕的是有兩間女生廁所都受到了詛咒。（大阪府大阪市　H．M　7歲　女生）

☆很久以前，我和A君在他家附近的公園玩的時候，看到牆上有骷髏形狀的黑漬。那時候，我剛好想尿尿，就在那裡尿尿了，結果突然下起了雨。第二次和A君去那裡玩時，我又在那裡尿尿，後來又下雨了。連續好幾次，到第五次時，我終於嚇得屁滾尿流，連忙逃回家了。搞不好真的被詛咒了!?（青森縣青森市　N．T　8歲　男生）

☆下雨的時候，鉛筆突然滾走了。滾啊滾，當鉛筆停在某個位置時，坐在那個位置的同學當天就會倒大楣。（東京都大田區　T．M　8歲　女生）

☆聽說晚上去彈體育館裡的舊鋼琴，就會受到詛咒。（石川縣鳳珠郡　T．T　12歲　男生／Y．K　12歲　女生）

☆如果用手指著音樂教室的貝多芬像，就會厄運上身。（埼玉縣蓮田市　O．M　10歲　男生）

☆如果明知道不能摸音樂教室的樂器卻故意去摸，就會受到貝多芬的詛咒。（岐阜縣岐阜市　K．Y　7歲　女生）

☆圖書室以前有一張沾到血（？）的椅子，聽說如果一直盯著那張椅子看，就會發生很可怕的事。（福島縣相馬郡　Y．M　12歲　女生）

☆聽說如果去圖書室借鬼故事的書，就會發生倒楣事。有一天，我和同學去還書，同學借了鬼故事的書。第二天，她就沒來學校，原來她在回家的路上扭到腳了。（東京都小平市　I．Y　10歲　女生）

☆這是七大靈異現象之一，聽說把印有人像的球放在頭上，就不會淋到雨。（兵庫縣明石市　S．Y　11歲　男生）

☆體育館有一個形狀像士兵的黑漬。如果踢那個黑漬，就會發生意外。我的同學就是因此騎腳踏車跌到山坡下。（大分縣杵築市　S．T　10歲　男生）

☆聽說坐在某個座位，就會在暑假時翹辮子。（東京都稻城市　M．K　9歲）

☆體育館有一個倉庫，裡面放置了椅子。如果拿倉庫後方的椅子，就會被詛咒。（愛媛縣松山市 W．S 8歲 男生）

☆用會議室的鋼琴彈〈給愛麗絲〉，就會受到詛咒。（長野縣千曲市 M．M 9歲 女生）

☆聽說騎某輛腳踏車，兩、三天後就會骨折。（京都府京都市 H．M 10歲 男生）

☆附近神社的石獅子如果晚上吐出青煙，就會有人發生意外或是喪生。（山梨縣中巨摩郡 S．T 9歲 男生）

保健室的睡美人

渡邊節子

在我們學校，沒有學生敢一個人去保健室。以前，有些學生經常有事沒事就偷懶跑去保健室休息，但這一陣子情況卻大不相同，即使有一點不舒服，也會盡可能忍耐。因爲，大家都知道保健室有「睡美人」。

第一個發現，或者說第一個邂逅「睡美人」的是六年級的千惠美。千惠美前一天晚上熬夜，早上睡過頭，沒有吃早餐就衝到學校。上課時

感到很不舒服，於是就去了保健室。

「妳是貧血，稍微休息一下吧。不可以不吃早餐。」

保健室老師這麼對她說，安排她躺在保健室兩張床的其中一張後，又說：

「我出去一下，馬上就回來。」

接著老師離開了保健室。千惠美因為睡眠不足，腦袋立刻昏昏沉沉起來。不一會兒，突然聽到旁邊傳來「呼～呼，呼～呼」的輕微呼吸聲。嗯？她張開眼睛，發現另一張床的被子鼓鼓的，好像有人睡在裡面。嗯？那個人什麼時候進來的？我睡了這麼久嗎？她忍不住看了一眼牆上的時鐘，發現才躺了幾分鐘而已，而且，剛才也沒有聽到開門的聲音。不過，隔壁床上的被子的確鼓了起來，好像有人睡在裡面，還配合「呼、呼、呼」的聲音起伏著。那床被子下的人似乎把頭矇了起來，看不到那個人的臉。千惠美覺得很奇怪，忍不住想去看一下。這時，隱約傳來一個聲音。

「好難過……救命……。」

被子裡傳來一個聲音。千惠美嚇得坐了起來，豎起耳朵，才發現是被子裡傳出的聲音，而且，聲音越來越大。

「好……好……難……過……救……命……嗚……嗚……嗚……。」

那個費力擠出的嘶叫聲，讓千惠美嚇得魂不附體。怎、怎麼辦？要趕快找人來。她下了床，鼓起勇氣說：

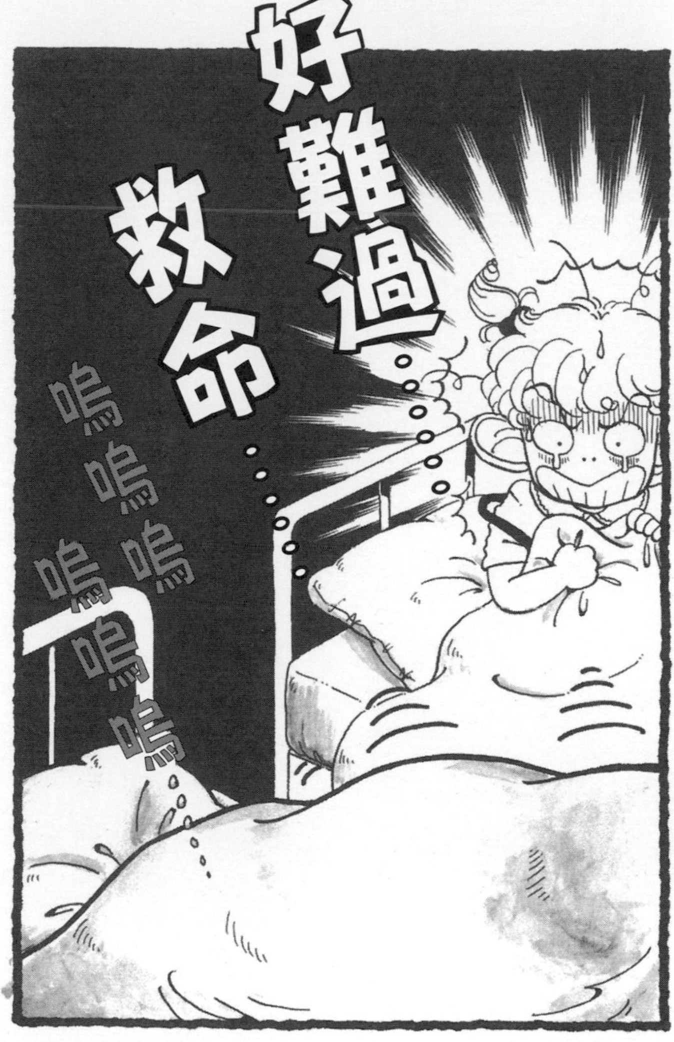
好難過
救命
嗚嗚嗚
嗚嗚嗚

「呃，那個，妳還好嗎？我馬上去找老師。」

千惠美翻開不停顫動的被子——發現裡面竟然是空的！她「啊～」地大聲慘叫，衝出保健室。

聽說之前有一個女生在學藝會上扮演「睡美人」，表演結束後，突然覺得不舒服。她以為自己太緊張，身體太疲勞了，就去保健室休息。保健室內剛好沒有人，她自己躺在床上，一下子覺得心臟很不舒服，結果就死在那張床上。聽說是發生了急性心臟衰竭，就在空無一人的保健室內孤獨離開人世。

之後，「睡美人」多次在保健室出現，每次都趁身體不舒服的學生，獨自躺在保健室休息的時候現身。於是，大家都心生恐懼，不敢去保健室。學校也很傷腦筋，正打算換一張新的床。但原來那張床該怎麼處理呢？如果拿去跳蚤市場……買到的人也很衰吧。

是誰拍我的肩膀？

櫻井信夫

有一天，奈美和由加留在夕陽映照的音樂教室裡。空蕩蕩的教室內，只有兩張椅子和樂譜架放在木質地板中央，其他折疊椅都堆在牆角。

由加坐在右側的椅子，奈美坐在左側的椅子上，正在苦練長笛。不久之後就要舉行管樂隊的發表會，她們兩個人的吹奏部分還是無法令人滿意。

演奏曲目中，有長笛雙重奏的部分。團體練習時，每次輪到她們雙重奏的部分，老師的指揮棒就會停下來。

「老師也知道妳們練習很認眞，但總覺得還缺少一點什麼。吹長笛不是按照樂譜吹出旋律而已，而是要投入感情，妳們兩個人的心要完全合而爲一。」

老師這麼告訴她們。

和大家一起練習時，總是免不了會緊張，所以，她們決定留下來好好練習，直到自己滿意爲止。

剛才留下來陪她們練習的老師因爲有事開車出去了，晚一點才會回來。

「都怪我吹得太差了……」

奈美嘆了一口氣。

「我還不是一樣。」

由加也附和。

她們之前從來沒有摸過長笛，但看到某個電視廣告後，一起參加了管樂隊的社團，主動提出要吹長笛。著名的長笛手山賀由美在電視上的演奏太優雅了，她們希望有朝一日，也可以像她那樣。

加入社團半年，指導老師十分肯定她們的熱忱，所以特地挑選可以讓她們充分發揮的曲目。

正式表演時，她們必須站起來演奏整首曲子最高潮的八小節重複部分。由於其他的樂器必須完全安靜下來，所以，只要稍有閃失，很容易被發現。

她們一次又一次地練習高潮部分後，準備從頭開始練習。當進行到她們要站起來演奏的部分時，奈美又不小心吹錯了。於是，只好再從頭開始。

「對不起，沒有老師指揮，很難抓住節拍。」

奈美又坐了下來，挺直身體。

「這張椅子很奇怪，搞不清楚坐起來算是舒服還是不舒服。」

「咦？奈美，妳這張是老師的椅子。因爲特別舊，所以一眼就看出來了。那妳換一張椅子吧。」

由加提議。

「沒關係，沒關係，不用換了。」

奈美暗中自我激勵，這一次終於吹出了充滿感情的音色，跟上了節拍。當她吹完時，發現有人拍了拍她的左肩。

那個拍肩膀的動作好像在說：「很好，就是這樣吹。」但由加在右側，她的手碰不到奈美的左肩。咦？奈美還來不及細想，由加就嫣然一笑說：

「妳剛才吹得太好了。」

「OK，那我們再練一次。」

咚！
咚！

奈美不加思索地回答，決定不去在意有人拍她肩膀的事。

由加突然起身，打開燈的開關。昏暗的教室內立刻燈火通明。她們又從頭開始練習。即將到她們同時起身雙重奏的部分了。這時，奈美轉過整個身體往後看。椅子「啪」地一聲倒在地上。

「奈美，妳怎麼了？」

「對不起。」

奈美渾身緊張，抓著由加的手，語無倫次地說：

「剛才，有人、拍我的、肩膀，我左邊的肩膀，啪啪地、拍我的肩膀。」

「奈美，這裡只有我們兩個人，根本沒有其他人啊。」

由加故意環視室內。

「其實，之前就有人啪啪地拍我的肩膀。我以爲是自己的心理作用，所以沒有告訴妳。眞的，我沒騙妳。這裡有一個隱形人。」

由加可以感受到奈美的手在發抖。

「啊～！」

由加叫了起來。

然後，她們抱在一起衝向走廊。站在走廊上，讓自己稍微鎭定後，再度探頭向音樂室內張望。

「怎麼辦？」

「老師還沒有回來……」

明亮的音樂教室內空空蕩蕩，但她們還是不敢走進去。

「我們在這裡等老師回來吧。」

她們蹲在走廊上，漸漸發現蹲在走廊上也很可怕。

她們想藉由聊天分散注意力，卻也聊不起來。她們等了一會兒，又等了很長時間。校舍籠罩在一片暮色中，卻仍然不見老師回來……。

「我們去問一下。」

由加站了起來。奈美立刻知道她的意思。

她們牽著手，沿著走廊跑去教師辦公室。她們在門口向裡面張望，發現值班老師正在講電話。

那位老師掛上電話後，一回頭，立刻看到奈美和由加。

「妳們過來，」他對她們招招手，「妳們社團的指導老師打電話來說，剛才發生車禍了。」

「啊？真的嗎？」

「剛才五點半左右的時候，老師開車回學校時，就在前面銀行那個十字路口被一輛貨車追撞，現在正在醫院，特地打電話回來通知。」

「老師沒事吧？」

「曾經昏迷了一下，但立刻醒過來了，聽說沒有太大的問題。總之，已經被救護車送去醫院了，受了一點傷，所以等一下要接受治療，還要檢查腦部。老師擔心妳們，特地打電話回來。」

奈美和由加都倒抽了一口氣。奈美瞥了一眼牆上的時鐘。

快要六點了。五點半發生車禍的話……。奈美和由加互看了一眼，知道彼此都在想同一件事。

那不正是奈美被隱形人拍肩膀、老師的椅子「啪」地倒在地上的時候嗎……？

白骨手　岩崎京子

每兩個月，就會輪到去自然科實驗室打掃。

「好討厭，煩死了。加藤，妳沒問題嗎？我好討厭實驗室裡那股不知道是酒精還是其他藥水的味道。」

深川愁眉苦臉地說。

「我討厭青蛙和鯽魚的標本，渾身都會起雞皮疙瘩。」

「妳有沒有注意到掛在實驗室的教學畫？根本就像是木乃伊，連血管都畫得一清二楚。還有玻璃櫃裡的骷髏，非要放在那裡不可嗎？應該用花布做一塊簾子遮起來。」

「骷髏嗎？可能是因爲沒穿衣服，所以才覺得可怕，我也覺得穿上衣服應該會比較好。」

「加藤，妳有勇氣幫骷髏穿衣服嗎？」

深川看著我的臉揶揄。

嗯，我想我應該不敢，眞的會嚇得渾身發毛。

「有人喜歡骷髏啊，不如請他代勞。」

「是嗎？誰？」

「班長白川，他說他最喜歡這種可怕的東西。」

「但是白川會願意嗎？男生通常不喜歡做幫人偶換衣服這種事。」

「對喔，看來不行。即使白川願意，可能也會故意換上可怕的衣服，像是吸血鬼或是殭屍的。」

「好噁心。」

深川和我很不甘願地走去自然科實驗室，其他同學已經開始打掃了。

「這麼晚才來。」

班上的男生狠狠瞪著我們說。

沒辦法，只能開始打掃了。我拿起掃帚掃了起來，發現掃帚前有一個亮亮的東西滾動著。

「啊，那是酒精燈的蓋子。」

我正想撿起來，蓋子又滾進實驗桌下面，我用掃帚挖也挖不出來。

「怎麼了？怎麼了？妳又想偷懶？」

「不是，酒精燈的蓋子滾到下面去了。」

「可能是其他班的同學做實驗後沒有蓋好。」

「那把實驗桌搬開吧。喂，大家過來幫忙一下。」

當大家合力幫忙把實驗桌搬開後，卻沒有看到蓋子。木板和木板之間有縫隙，應該是掉進縫隙了。

「咦？這裡的木板是四方形的，會不會是蓋板？你們看，這裡有把

手。」

「打開看一下吧。嘿咻！」

嘰……。大家合力打開蓋板後，發現有樓梯可以通往地下室。

「這是怎麼一回事？」

「地下室。我知道了，這是戰爭時代的防空洞。我爺爺以前是這裡的學生，聽說戰爭期間，學校是軍隊的宿舍，高射砲的基地就在附近，當時，就把這裡當成防空洞，之後也沒有填平。」

「是喔。啊，酒精燈的蓋子就在那裡，就在下面的樓梯上。」

「真的耶。不過，從這裡拿不到，看誰要下去撿。」

「加藤，妳自己去拿，是妳弄下去的，當然由妳負責。」

「什麼？要我下去？」

我嚇得毛骨悚然。因爲地下室飄來一股潮濕的霉味，我根本不敢下去。

「哈哈，哈哈，妳這個膽小鬼。好吧，我下去，順便去下面好好探險一下。去拿手電筒來，準備好了嗎？下去囉。」

白川向其他男生使了一個眼色。

深川和我都沒有察覺。

白川走下樓梯，其他男生也都好奇地跟著他走下去。

地下室傳來男生嬉鬧的聲音，手電筒的燈光漸漸消失在地下室深處。

「他們的膽子眞大。」

「對啊。」

深川和我相互看了一眼。

「哇！」

下面突然傳來一聲大叫，接著，所有男生都衝上樓梯。

「骷、骷……，下面有骷髏。」

嘻嘻嘻
喀答 喀答
嗚嗚嗚
抖~ 抖~
牙齒打顫

所有的男生都臉色發白，把一臉茫然地站在那裡的深川和我推開，衝出自然科實驗室。

白川最後走了上來。

「下面有骷髏。」

低頭一看，發現白川的手上拿著一隻白骨的手。

「啊～！」

我頓時癱坐在地上，深川抓著實驗桌，才終於站穩。

「咦？這個白骨手上有暗鉤。搞什麼嘛，這是標本的手啦，你想要嚇我們吧？」

深川問。

原來是這樣……。不過，還是很奇怪。那幾個男生明明知道是假的，卻爭先恐後地衝出實驗室。

「沒錯，原本想要拿這個嚇妳們，但沒想到，下面真的有骷髏！」

白川鐵青著臉說。

「好可怕。」

我和深川抱在一起叫了起來。

不知道是戰死在這裡的軍人，或是學校的自然科實驗室建在墳墓上……。到最後，還是無法知道到底是誰的骷髏。

無論如何，地下室的白骨被厚葬處理，而地下室則被填了起來。

打不開的窗戶

渡邊節子

三中的三年A班有一扇「打不開的窗戶」。那扇可以照到陽光、朝向操場的窗戶，被人從天花板到地面用一塊木板釘住了。

事情要從三個月前說起。那天是秋高氣爽的好天氣。

第六堂英文課快下課時，大家都懶洋洋的。老師在黑板上寫字時，有不少學生望著窗外，紛紛想道：「怎麼還不下課？」
這時，突然有人「啊！」地叫了起來。
「怎麼了？」
老師回頭問。
「啊、啊、那個……」剛才看著窗外的幾個同學張口結舌，說不出話。
終於有一個人指著窗戶說：
「惠里，惠里。」
「惠里？是今天請假的立川惠里嗎？惠里怎麼了？」
「她剛才從窗外掉下去了。」

「怎麼可能？」

「是、是眞的！我們還對望了一下。她整張臉都扭曲了，眼睛瞪得這麼大，嘴巴也張得好大。」

「山本，你去看一下。」

坐在窗邊的男生聽到老師的吩咐，起身往窗外一看。

「眞的在下面！」

接著，整間教室亂成一團。雖然立刻叫了救護車，但惠里已經回天乏術。她從頂樓跳樓自殺。大家都搞不清楚原因。她沒有留下遺書，也沒有人聽說她失戀，更沒有生病，她的成績也差強人意。

有幾個女生說，可以理解她的心情。

惠里惠里
打顫打顫
發抖發抖
哆嗦哆嗦

「總覺得做人很麻煩。」

「對啊，雖然沒有什麼不開心的事，但覺得活下去也沒什麼意思。」

「根本沒有什麼有趣的事。」

「對啊。這種時候，甚至覺得好天氣都很莫名其妙。」

「我也覺得，我也覺得。」

「不過，如果是我，應該會選擇更輕鬆的方法。跳樓太可怕了，腿都會發軟吧。」

這句話太有道理了。惠里也一定很害怕。那個看到惠里表情的同學說，惠里因爲害怕而扭曲的臉一直留在她腦海裡，結果，那個同學第二天發燒了，沒來學校上課。

幾天後，同學的心情漸漸平靜下來。沒想到有一天，也是一個晴朗的好天氣，下午不知道在上什麼課的時候，小綠沒有聽課，呆然地看著窗外時，突然大叫起來：

「哇啊～！」

所有人都嚇了一跳，轉頭看著她。她雙手捂著臉，趴在桌上。

「怎麼了？喂，妳怎麼了？」

老師問了好幾次，她才終於抬起頭，臉上完全沒有血色。

「惠里，惠里。」

「惠里？惠里怎麼了？」

「她在窗外掉下去了。她張大眼睛看著我，我也剛好看著她的眼睛。」

「怎麼可能？大家上次不是去參加過她的葬禮了嗎？」

「眞的啦，我眞的沒騙你們。」

老師走到窗戶旁，向下面張望。

「什麼都沒有，是妳心理作用。都是因爲妳不專心聽老師上課，東看西看的，才會看走眼。」

那天的事，就這麼結束了。

但是……事情還沒有完。接下來幾天，陸續有其他男生和女生也看到惠里，而且每次都是像那天一樣的好天氣，但時間卻不固定，並不一定像上次那樣，是第六堂課快下課的時候。有時候是第五堂課，有時候

是上午，甚至是第一堂課的時候。

每次看到的惠里都是一張嚇得驚慌失措的臉，眼睛和嘴巴都張得很大，散著一頭長髮，從窗外掉落下去。

當有五個、十個同學看到那一幕後，每當好天氣時，沒人敢再看窗外，因爲誰都不知道那一幕會在什麼時候出現。

不過，上課的時候不可能從頭到尾都專心看著黑板，大家還是會不小心轉頭看向窗外。惠里就會在那一刹那從窗外掉下去，同學如果剛好不小心看到，就會大叫起來，教室內便陷入一片混亂……最後，終於連老師也看到了。

惠里在跳樓之前，一定曾經猶豫了很多次。在下決心跳下去後，向前跨出一步。這時，心先墜落了。「啊，地面！」的恐懼貫穿她的全身，而當她回過神時，發現另一隻腳還穩穩地踩在屋頂上，雙手緊抓著圍籬。「原來我還活著！」她這麼想，然後往後退，蜷縮在屋頂角落。過了一會兒，她再度下定決心：「這次一定要跳！」「啊，掉下去了！」結果，回過神時，發現自己仍然抓著圍籬，身體還在屋頂上。她一定一次又一次體會到這種恐懼。在惠里死後，只要她之前下過幾次決心，她的靈魂就會在那個時間重複體驗幾次墜樓時的恐懼，惠里實在太可憐了……。

窗戶釘上木板後，大家都鬆了一口氣。但是，但是……我又看到了。今天是一個萬里無雲的好天氣，窗戶也已經釘上木板，我放心地往外一看，沒想到一張臉，一張驚恐不已的臉和散開的長髮從木板前方飄過！我和她視線交會，她生前的眼睛盯著我！

我好想趕快畢業，離開這間教室。

挑戰你的智慧！

俗諺恐怖館

～中級篇～

意義

無論在任何地方，只要有恆心、肯努力，或許可以等到妖怪現身。也就是說，這個世界處處都有妖怪。

詛咒通訊報

VOL. 3

日本民間故事會
學校怪談
編輯委員會
發行

自古以來，學校就是受詛咒的地方
搞不好考試成績不好，是因為受到
詛咒（？）

不知道為什麼，很多受到詛咒的事物總是和數字或是順序有關。像是十三號星期五，或是第三間廁所……。這種事，都會讓人心裡不舒服～。

☆如果經過學校的走廊超過十秒，就會有幽靈附身。（兵庫縣辰野市　I・T　8歲　女生）

☆如果在中午十二點十分經過體育館的廁所前，就會遭到詛咒。（兵庫縣蘆屋市　N・A　9歲　女生）

☆有六個同學在星期天前往某個神社公園，有人說，公園的第三個鞦韆受到詛咒，其中一個人就用樹枝打那個鞦韆，其他人也跟著打。後來，這六個同學中，有一個人從腳踏車上掉下來，其他五個人從樓梯上跌下來。（東京都清瀨市　A・E　10歲　女生）

☆進第三間廁所會受詛咒。如果去倒數第三間的廁所，拍門拍四十九下，也會受到詛咒。（神奈川縣橫濱市　Y・Y　8歲　女生）

☆去三樓的男廁所，如果不在二十秒以內出來，就會被人幹掉。（神奈川縣小田原市　T・T　8歲　男生）

☆四樓第二間廁所和死的發音相同，如果不在四十二秒之前出來，就會被詛咒致死。（埼玉縣加須市　N・S　女生）

☆最後一個離開圖書館的人會遭人忌恨。（沖繩縣那霸市　T・S　8歲　女生）

☆K小學每年五月十二日都會有人死。三年前，三年七班的學生騎腳踏車出車禍死了。二年前，六年級的老師死了。一年前，東門附近的人到K小學跳樓自殺……。（愛媛縣松山市　H・Y　10歲　女生）

☆十三號星期五，三點三十三分三十三秒時，如果站在鏡子前，會被鏡子吸進去。（富山縣下新川郡　O・A　12歲　女生）

嘀嘀咕咕　這個和……那個，還有那個……，這裡、那裡，還有那裡……
記不住啦!!
自言自語
頭昏
頭昏

沛沛的鬼話連篇

雖然我一直維持「神祕沛沛」的形象，但小龍在第一冊中說出了我的祕密……。嗯，我不原諒他，絕對不原諒他～～。所以，我要詛咒小龍。♡

聽到了不吉利的話，如果不趕快忘記，就會受到詛咒。萬一不小心記住就會倒大楣!!

☆聽說如果二十歲還記得「海豚島」這個名字，二十歲的時候，就會有人打電話來問：「你要腳嗎？」（長野縣長野市　A・T　10歲　男生）

☆如果聽到可怕的事，不在三天之內告訴別人，可怕的事就會在夢境中出現。（靜岡縣富士市　W・T　10歲　男生）

☆戶外教學坐遊覽車時，有人在說鬼故事。結果N同學說：「你們知道嗎？如果說鬼故事，妖怪就會出現。」這時，剛好有一輛靈柩車開過去。（千葉縣館山市　K・M　10歲　女生）

☆如果聽某個女生說話，必須立刻告訴旁邊的人。據說，有一個學校的女生聽了之後，沒有告訴旁邊的人，結果就死了。（大阪府大阪市　Y・A　9歲　女生）

☆如果畢業前還沒有忘記「紫色鏡子」和「紅色沼澤」，就會受到詛咒。（東京都世田谷區　T・K　8歲）

☆聽說如果二十歲之前還沒忘記「紫色鏡子」這句

話，就會小命不保。我好想趕快忘記。（廣島縣福山市　H．R　8歲　女生）

☆如果不在二十歲之前忘記「紫色鏡子」，就會被拿鐵錘的男人殺死。（埼玉縣入間郡　H．E　女生）

☆我同學說，如果二十歲之後還沒忘記「紫色鏡子」，好運就會遠離，會一直走衰運。不過，只要同時記住「白色水晶球」就可以相抵。（福岡縣久留米市　T．M　10歲　女生）

☆如果二十歲生日時還沒有忘記「紫色鏡子」，就會在當天暴斃。我媽媽的朋友就是這樣死的。聽說啦，聽說。（宮城縣牡鹿郡　K．Y　10歲　女生）

☆在學校屋頂上說三次「石獅寺有四十四隻石獅子」，幽靈就會出現。（奈良縣奈良市　U．T　9歲

男生）

石獅寺有四十十隻……
咦!?
著急
著急
著急

☆學校已經蓋了新的校舍，現在已經不鬧鬼了。以前還是木造校舍時，如果依序說出音樂教室、自然科實驗室……然後到兒童集會室的「室」時，就會遭到詛咒。新校舍沒有兒童集會室了。（福島縣福島市 S．R 10歲 女生）

☆學校後面有一個游泳池，游泳池附近有一口井，曾有一個女人（如果現在還活著，已經四十四歲了）掉進井裡死了。如果聽過這件事的人不去井那裡拜拜，就會被幽靈附身。我去拜過了。（愛媛縣西予市 S．Y 9歲 女生）

☆戰爭時代，有一個很有名的音樂家叫巴法西薩羅，不管被槍打中還是被箭射中，他仍然不停地往前跑。戰爭結束後，他渾身流血死了。半夜十二點聽到敲門聲，如果不說巴法西薩羅的名字，就會渾身流血死掉。（埼玉縣越谷市 S．H 10歲 女生）

我今天晚上不敢上廁所了啦……

泛紅的泳池

水暮正夫

記得是昭和三十二年（一九五七年）時的事。

我在T市的小學上班，有一個名叫宮本憲三郎的老師很有男子漢氣概。他的脾氣很暴躁，有時候會甩高年級學生的耳光，所以，學生都很怕他。

宮本老師的皮膚黝黑，眼睛很大。只要他一瞪眼睛，即使教室裡再吵，也會立刻安靜下來。

他有一個綽號叫「武藏」。因爲他姓宮本，原本大家以爲是根據二刀流劍豪宮本武藏的名字幫他取的綽號，但其實不是這麼一回事。

你們聽過戰艦「武藏」嗎？「武藏」是戰艦「大和」的二號艦，造於昭和十七年（一九四二年），是一艘很大的戰艦。宮本老師曾經在「武藏」艦上擔任下士。昭和十九年（一九四四年）十月，美軍的機動部隊挺進菲律賓雷伊泰海灣（Leyte Gulf）時，日本海軍聯合艦隊也前往雷伊泰海灣，準備發動「捷一號作戰」。「武藏」是第一游擊部隊，擔任這場作戰的主力。

即將來到雷伊泰海灣時，艦隊遭到了美軍二百五十架軍機的波狀攻擊，在持續了九個小時的戰鬥後不幸沉船。宮本老師在海上漂流時，被驅逐艦救起，才得以死裡逃生。

他一有機會就在教室裡告訴學生「武藏如何如何」，所以，大家幫他取了「武藏」的綽號。

他已經三十過半，但運動能力超強。不僅會劍道，網球和器械體操也很拿手，更是游泳高手。每年游泳池開放使用時，都會請他示範泳技。

「我不喜歡泳褲，游泳當然要穿這個。」他每次都穿上紅色的丁字兜襠褲下水。

那一年，在泳池開放使用的半個月前、梅雨季節的某個晚上，剛好輪到宮本老師值班，他睡在值班室。那天深夜，小偷溜進學校，偷竊辦公桌裡的現金和值錢的東西。

那時候經濟不景氣，各地經常發生這種事。宮本老師發現有小偷後，可能是仗著自己的好身手，不禁技癢起來，心想：

（好，我一定要逮到他。）

宮本老師打開辦公室的門，小偷發現宮本老師後，打破窗戶，拔腿就逃。這個學校的北校舍和南校舍之間有一個二十五公尺的泳池，四周並沒有柵欄。小偷跑到泳池池畔時，宮本老師追上了他，兩個人在池畔扭打起來。

驗屍結果發現，折疊刀由下而上刺進宮本老師的胸口，成為致命傷。早晨的時候，被雨淋濕的池畔成爲一片血海，鮮血一滴一滴地滴入泳池。

宮本老師從戰艦「武藏」奇蹟似地生還，卻在小偷的手中送了命，他一定很不甘心。人生眞的無法預測……。他的高強武藝反而讓他送了命。

泳池開放的那一天，我覺得泳池的水看起來紅紅的。照理說，應該已經把舊的水抽乾，清洗泳池後，重新裝了水，但看起來還是有一抹淡淡的紅色。雖然那些學生高興地戲水，完全沒有發現，我卻不敢下水。

（難道是宮本老師的血嗎……？）

雖然明知道不可能，但還是忍不住這麼想。

進入暑假後，每天都會使用泳池。暑假之前，那個小偷被抓到了，他供稱的確是他殺了宮本老師。之後，泳池的水就恢復了藍色，再也不會泛紅了。

即使現在，在電視上看到泳池開放的畫面時，我仍然會想起宮本老師，眼前還浮現出鮮艷的紅色丁字兜襠褲。

少了一階

萩坂　昇

那是戰爭進行得十分激烈的昭和十八年（一九四三年）初夏。在高知縣某個漁村國民學校（相當於現在的小學）所發生的事。

那天，山田老師在學校值班。

晚上十點的時候，老師巡視完走廊，發現大門口有一個人影在徘徊。看起來像中學生。

他走向走廊的另一端。

（他是不是忘了什麼東西，所以回來學校拿？但為什麼不打一聲招呼……？看起來不像是我們學校的學生，該不會是小偷？）

山田老師緊握木劍，朝人影的方向追了上去，卻看不到人在哪裡。

（是我的心理作用嗎？）

他走回值班室，鑽進被子，卻翻來覆去睡不著。

「滴答滴答。」「滴答滴答。」「滴答滴答。」

只聽到時鐘的聲音。噹、噹。兩點的鐘聲響了。

正當他昏昏入睡時，聽到「咯吱、咯吱、咯吱」上樓梯的聲音。

（剛才看到的人影，果然不是我的心理作用。）

山田老師這麼想道，豎起耳朵。不一會兒，又聽到「咯吱、咯吱、咯吱」下樓梯的聲音，而且還傳來「一、二、三……」數樓梯的聲音。

「只有十三階……，少了一階，這樣我就不能去我想去的地方了。我再重數一下……」

那個聲音呻吟著。

（什麼？十三階？那個樓梯應該有十四階才對。）

山田老師想起之前在算術課時，曾經利用階梯的數字教學生做乘法。

上樓梯、下樓梯的腳步聲仍然持續著。

山田老師鼓起勇氣，手拿木劍，走出值班室，走到樓梯那裡，還是

咯吱
咯吱
少了一階

看不到人影。

（果然是我想太多了，不過，今天晚上眞不平靜，還是先去睡覺再說吧。）

老師回到値班室，躺進被子裡。

這時，又聽到那個從喉嚨裡擠出來的聲音呻吟：

「少了一階，這樣我就不能去我想去的地方了……」

山田老師嚇得衝出値班室，跑去住在學校附近的工友源叔家。

「這麼晚了，我還以爲是誰，原來是山田老師，學校發生了什麼事嗎？」

「出現了，出現了，幽靈在樓梯那裡出現了！」

老師說完這句話，走去廚房，一口氣喝了一大杯水。

源叔這才想起什麼似地，娓娓說著：

「我到這個學校之前，聽說有一個中學生在樓梯那裡上吊。

那個學生是這所學校的畢業生，他很喜歡讀書，班上的導師建議他考中學，他也順利考上了。於是，他在送報和幫漁夫打雜的同時，開始讀中學……。

那個學校發生了失竊事件，有人懷疑是那孩子幹的。

於是，他就在小學導師值班的那天晚上來找老師，希望至少老師可以明白，他眞的沒有偷東西。

沒想到他要找的老師在前一天收到召集令去了軍隊，已經離開學校了。

那孩子見不到老師，感到很絕望，就在那個樓梯第十四階的地方上吊自殺了……」

第二天早上，山田老師向校長報告了在樓梯聽到的呻吟。校長說：

「我不知道有這種事，可能之前沒有爲他安魂吧，所以他無法去另一個世界，變成了幽靈，希望別人可以瞭解眞相。」

於是，校方請來和尚在樓梯那裡誦經，用鮮花祭拜那個中學生。

之後，「樓梯那裡……」就不曾再發生奇怪的事。

窗戶外的臉

渡邊節子

每到秋季，所有學校都紛紛舉辦文化祭和學園祭。學生忙於各種準備工作，老師更忙得不可開交。

千葉的一所名門高中也在十月底舉辦了學園祭。學園祭終於結束了，所有學生都回家了，老師仍然在學校內巡邏，檢查是否有什麼異常。黑漆漆的廣大校園感覺很陰森可怕。年輕的原田老師負責最後巡

邏，心裡有點毛毛的，拿了一把木劍走出辦公室。

他打開手電筒，沿途巡視著，突然發現角落有一個人影！他慌忙把燈光照向那個方向，發現原來是臨時放在那裡的假人。明知道是假人，但被它一動也不動的眼睛看著，原田老師渾身的寒毛都豎了起來。而且，因爲光線的關係，它看起來好像在流鼻血。

之後，原田老師盡可能目不斜視，繞完固定的巡邏路線，以免看到不想看的東西。當他來到其中一間教室時，發現有一扇上面的窗戶沒有關好。

「怎麼會這樣，這些學生眞大意。對了，只要用這個，就不必站在桌子上關窗了。」

原田老師把木劍伸向上方，關上窗戶時，卻嚇了一跳。眼前的窗外有一個白色的東西。但他立刻想：

（喔，是窗戶反射了我的臉。）

不禁鬆了一口氣，可是，當他靜下心來再度仔細看時，發現不是這麼一回事，窗戶上是一個女生的臉。頭髮綁了起來。雖然窗外一片漆黑，卻可以清楚看到她制服上的線條，而且，那個女生把臉貼著玻璃，向教室內窺望。

原田老師立刻問：

「喂，妳是誰？這麼晚了，還在這裡幹嘛？」

說著，他想要打開窗戶，但是窗戶是鎖住的，才突然發現一件事。

因爲，這裡——是五樓，爲什麼這麼高的窗戶外有人？而且，外面根本沒有站立的地方！這時，他發現窗外的女生扭曲著臉，竟然笑了起來。

原田老師立刻衝出教室，咚咚咚咚，連滾帶爬地衝下樓梯。當他不顧一切地逃回辦公室時，雙腿發軟，心臟快要跳出來了。

「那到底是怎麼回事？她身上那件制服不是我們學校的。」

如果剛才打開窗戶，說不定會被那個女生拉出去，摔下樓吧。

之後，原田老師每次聊起這件事，仍然會滿臉緊張。

嘿嘿

三點鬼婆　水谷章三

你有沒有聽過？

三點鬼婆躲在學校的廁所，每到三點的時候，就會發出咯咯咯咯的笑聲。

雖然不知道她爲什麼會在三點發笑，卻讓人不寒而慄。

我就讀的島根縣那所學校，如果在三點走進三樓女廁所的第三間，

也會聽到奇怪的聲音。

一個老太婆會發出怪裡怪氣的叫聲：

「讓我出去，讓我出去！」

牆壁內會隱約傳來：

「讓我出去，讓我出去！」

如果來不及尿尿就慌忙起身，想要趕快離開，卻會發現門打不開。無論怎麼推、怎麼拉，門仍然打不開。由於太害怕了，可能會嚇得尿在褲子上。總之，尿完之後，門就可以打開了，好像什麼事都沒有發生過一樣。

雖然只有這樣而已，但還是很可怕，所以，三點的時候，沒有人敢去女生廁所。

那一陣子，天氣時雨時陰，太陽整整一個星期都沒有露臉。三樓走廊上也開始漏水，牆上出現了一個很大的水漬。有人看到水漬後議論紛紛。

「是三點鬼婆、三點鬼婆。」

仔細一看，果然有幾分相像，的確很像是瘦小的駝背老太婆。牆上寫著「三樓」，那個老太婆的頭剛好在「三」的位置。日子一久，形狀越來越明顯，而且顏色也開始有了變化，變成了混濁的紅色。

有一個同學把鼻子湊過去聞了聞。

「啊喲，這股味道好奇怪。」

站在一旁的我也忍不住聞了聞，頓時感到不寒而慄。那是血腥味，絕對不會錯。用手一摸，感覺黏糊糊的。

大家開始口耳相傳，都說有一個老太婆被埋進三樓走廊的牆壁裡。學校當天就重新粉刷了牆壁，除了走廊的牆壁以外，三樓整個樓層，連廁所裡的牆壁也都粉刷了。

原以爲三點鬼婆的風波就這麼平息了，沒想到不久之後，當大門口的大鐘「噹、噹、噹」地三點報時的時候，我剛好經過老師專用的廁所門口，突然聽到一個年輕女人的慘叫：

「讓我出去，讓我出去，快讓我出去。」

我立刻衝進廁所。

「讓我出去。」

是第三間。我的力氣向來很大，用力拉門。咔嗒、咔嗒，我轉動門把，胡亂地用力拉，終於打開門，看到的竟然是牆上的三點鬼婆的黑漬。

來來松

望月新月郎

A市中心附近有一個P公園，在這裡成爲公園之前，曾經是紡織工廠，所以四周很荒涼。

那時候，女工幾乎都是來自農村的年輕女孩。她們從天色未亮一直到深夜都不眠不休地工作，工作十分辛苦。

有人無法承受，偷偷逃回家了。於是，工廠周圍建起了高高的圍

牆，還在四周挖了一條大水溝。

即使戒備森嚴，仍然有人游過大水溝逃走。

水溝外圍有一棵枝葉茂密的大松樹。

有一次，一個女工從紡織工廠逃出來後，在這棵松樹上上吊自殺了。之後，不斷有人在那棵樹上自縊。

「那是松樹在招手。」

「因爲松樹像這樣叫人家來吧，來吧。」

人們口耳相傳，「來來松」的名字不脛而走。

晚上的時候，根本沒有人敢獨自靠近那裡。

終於，松樹被砍了，那裡建造了公園和運動場。

公園旁邊建造起一所小學後，學生經常在公園的運動場上運動。

由於學校的操場太小，公園的運動場很大，所以五、六年級的學生更喜歡在這裡練習接力賽和馬拉松。

但是，經常有學生在運動時受傷。

幾乎都是在頭、臉和胸部出現跌打損傷。

那些學生在學校保健室包紮時，都會異口同聲地說，眼前突然冒出一棵松樹，來不及閃躲，就一頭撞了上去。

「什麼？公園的運動場上哪裡有松樹？」

「跑著跑著，就會突然出現在面前，想要避開也來不及了。」

「這麼大的樹枝在招手，我立刻告訴自己很危險，但眼前突然冒出金星，整個人就跌倒了。」

「正子跌倒的時候，的確聽到『來這～裡』的聲音。」

由於公園運動場發生意外的次數太頻繁了，老師也有點提心吊膽。

於是，學校召開了臨時教職員會議，討論附近紡織工廠舊址種的那棵來來松的事。

「最重要的是不能讓學生再發生意外了。」

「那就找人來消災解厄吧。」

大家一致同意，於是找來神官驅魔。

從此之後，奇蹟似地再也沒有發生任何意外。

意義

房子漏水已經令人傷心得想要哭了，沒想到又遇到邪門的事情，簡直是禍不單行。所以，人在倒楣的時候會倒楣透頂，最好還是趁早死心。

詛咒通訊報

VOL. 4

日本民間故事會
學校怪談
編輯委員會
發行

學校真的有很多地方遭到詛咒，也有很多倒楣事。大家要小心喔！

每所學校都有七大靈異事件，但聽說如果都知道，就會受到詛咒死掉。光是想到就嚇死人了，你們知道幾個？

☆如果在飼養動物的小屋前說出七大靈異，就會小命不保。（兵庫縣姬路市　K．M　10歲　女生）

☆我們學校也有七大靈異的傳聞，聽說如果七個統統都知道，就會死翹翹，還會遇到很多詭異的事。（鹿兒島縣薩摩郡　K．S　10歲　女生）

☆我們學校有十五大靈異，如果知道全部，在畢業之前會受到詛咒。（新潟縣長岡市　T．M　12歲　女生）

☆如果七大靈異全都知道，二十歲之前沒有忘記，就只有死路一條。（栃木縣足利市　M．M　10歲　女生）

☆如果知道七大靈異，一個星期以內就會暴斃。（岡山縣玉野市　M．Y　9歲　女生）

☆一旦得知七大靈異，第二天就會死。（山口縣山口市　I・Y　女生）

☆如果記住七大靈異，幽靈就會上身。（千葉縣東金市　H・N　女生）

☆聽說知道七大靈異，就會發生車禍。我同學A把這件事告訴另一個同學，結果真的發生了車禍。（東京都練馬區　T・N　10歲　男生）

☆知道七大靈異，會畢不了業。（千葉縣習志野市　W・M　10歲　男生）

☆如果畢業前沒有忘記七大靈異，就會出不了門。（長野縣長野市　Y・M　9歲　女生）

☆聽同學說，有一個男生知道學校的七大靈異後，真的死了。（神奈川縣橫濱市　K・A　10歲　女生）

☆那是我小學三年級，還在沖繩時的事。學校有七大靈異，同學小K都知道，大家都說，「如果七大靈異都知道就會倒楣。」結果，小K真的發神經病了……。（愛知縣名古屋市　H・Y　10歲　女生）

☆我七大靈異統統知道!!但我並沒有不幸！（長崎縣長崎市　N・D　11歲　男生）

並不是只有學校才受到詛咒，住家附近也有很多古老的傳說。最後，來介紹一下生活周圍有什麼詭異的事吧。

☆如果在墳墓旁跌倒，二十歲就會死掉。（埼玉縣川口市　T・S　女生）

☆如果出現耳鳴，代表一公尺以內有幽靈。（山梨縣甲府市　K・D　12歲　男生）

☆晚上吹口哨，小偷會上門。（東京都杉並區　Y・K　8歲　女生）

☆用手指著死掉的動物會遭到詛咒。有一個男同學這麼做，結果被機車撞到。（大阪府河內長野市　N・A　10歲　女生）

詛咒通訊報 VOL. 4 ○月×日（星期△）

我看，屏住呼吸才會死吧!!
放眼望去都是墳墓
嗚嗚嗚

☆如果把上梁時祭拜的年糕烤來吃，烤年糕的那個人家裡就會著火。（慶兒島縣鹿兒島市 S・J 9歲）

☆如果看到自己的怨靈，就只有死路一條了……。（富山縣 O・A 11歲 女生）

☆看到靈車時，如果不趕快把大拇指藏在身體後方，父母會早死。（埼玉縣埼玉市 T・M 8歲 女生）

☆當大家都安靜時，惡魔就會從頭上經過。這時候，第一個說話的人會受到詛咒。（福島縣相馬郡 T・H 12歲 女生）

詛咒通訊報 VOL. 4　○月×日（星期△）

☆如果不好好做數學題目，那一天就會遇到倒楣事。如果沒做功課，第二天就會受傷。（東京都大田區　T・M　8歲　女生）

☆地震後的兩個星期很容易衰事連連。（宮崎縣兒湯郡　N・T　12歲　男生）

☆如果睡覺前看房間的四個角落後，再看天花板，就會看到幽靈。（岡山縣岡山市　S・Y　女生）

☆閉上眼睛，在白色牆壁上寫三次或四次「念」，在寫的時候用力想「出來吧」。寫完之後，拍一下手，用力張開眼睛……就會看到某些東西。我看到的是人的眼睛和女人。（青森縣三澤市　H・M　10歲　女生）

小龍的休息室

小龍發現了新妖怪！下次會在哪裡出現？

第6章　可怕的反臉人篇

在蒙娜麗莎的故鄉巴黎南方，有一個名叫普羅旺斯（※①）的地方。我在那裡親眼目睹了可怕的反臉人（※②）！那人把眼鏡戴在腦袋後，我問他：「哪一側是前面？」他竟然拿著法國麵包來追打我（好可怕！）（待續）

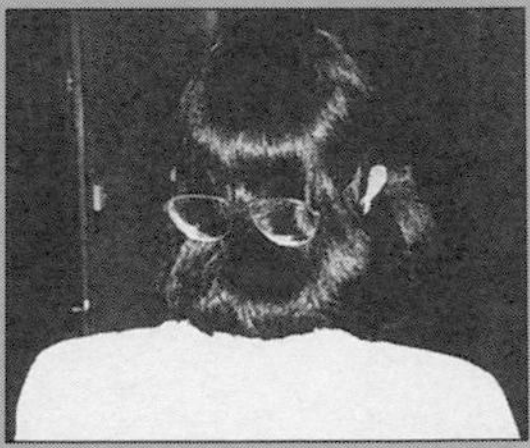

這就是反臉人。

※①　位在法國南部馬賽附近。請查一下地圖。

※②　這是目前法國最可怕的妖怪。小龍用剛好帶在身上的照相機拍了之後，拔腿就逃走了！

受詛咒的地方

澀谷　勳

十五、六年前，東京都五日市街道因爲人口突然增加，於是當地政府在一片茂密的綠意中，建造了一所小學。

這所小學南側校園旁，有一棟搖搖欲墜的茸草屋頂大房子。

計畫建造學校時，屋主就把這棟房子賣給了五日市的市政府，之後房子一直無人居住。市政府計畫拆掉房子，做爲學校的操場。

但不知道爲什麼，這棟房子最後沒有拆掉，仍然在那裡任憑風吹雨打。

學校的學生都稱它爲「詛咒屋」，即使在玩搶地盤的遊戲時，被高年級的學生搶走地盤後，低年級的學生也不敢靠近「詛咒屋」附近的空地。

運動會時，操場跑道上會畫白色的線，各個年級分別分成紅、白、藍、黃四隊競賽，但是，聽說背對著詛咒屋的隊伍總是最後一名。

一位報社記者向附近的老太太打聽其中的原因。

「在我還沒出生的很久很久之前，聽說那棟房子的媳婦把婆婆虐待死了。她不給婆婆吃飯，冬天的時候，甚至把她婆婆泡在冷水裡，還用

6

竹片打她婆婆。

之後，每到三更半夜的時候，就會聽到老婆婆哭著叫喊：『救命，救命。』我也聽過好幾次。」

那幾個老太太好像在說自己的事一樣，皺著眉頭說道。

建造那所學校時，工人曾經開了堆土機和怪手車來這裡準備拆房子，但每次機械都會發生故障，或是司機莫名其妙地受了傷，不得不停工。

由於多次發生類似的事，於是工人議論紛紛說：

「如果拆那棟房子會受到詛咒。」

「被害死的那個婆婆的怨念還在裡面。」

誰都不敢去拆那棟房子。

最後，市政府的人也說：

「那就先不管它，等它自然倒塌吧。」

所以，那棟房子就一直留到今天。

天空飄著濛濛細雨的深夜，只要走過那棟房子附近，就會聽到老婆婆氣若游絲般的哭泣聲：

「救命……。」

「救命……。」

把我放回去

望月新三郎

　　我們學校操場面向北側校舍的地方，是一個很大的弓形彎道。聽說以前這裡有一條名叫天秤川的河，操場就是沿著那條河建造的。聽世世代代住在這裡的老人家說，天秤川的水流湍急，每次河水泛濫時，橋就會被沖走。

於是，也有人叫天秤川爲無橋川。

如今，天秤川的河水早就乾涸了，原本河流的地方和操場之間有一座小廟。某個下雨天，體育老師大川告訴我們這件事。

「今天，我要告訴大家一件有點可怕的事。雖說發生在很久很久以前，但其實是這所學校建造後不久的事，所以，差不多是七十年前。那時候，校舍剛建好不久，兩個負責建造操場的工人叔叔在整理操場時，發現了一座小廟。」

「和現在校園那裡的小廟一樣嗎？」

「對，就是那座小廟。他們把那座小廟挖出來後，丟在河岸旁。

「負責整個工程的工頭M先生晚上回家睡覺時，覺得胸口發悶，從噩夢中驚醒。之後就翻來覆去睡不著，他不經意地看了房間角落一眼，不禁嚇了一跳。因爲他看到一個滿頭白髮的老婆婆坐在那裡，用滿懷仇恨的眼神瞪著他。M先生嚇出一身冷汗，渾身顫抖，完全說不出一句話。老婆婆用沙啞的聲音說：

『我現在被丟在天秤川旁，趕快把我放回原來的地方，把我放回原來的地方。』

M先生說，他這輩子再也不願想起那個老婆婆凶狠的眼神和可怕的聲音。結果，M先生一整晚都沒睡，天一亮，來不及吃早餐，就來到還是一片霧濛濛的學校工地。」

「工地？操場那裡的工地嗎？」

「對，就是操場旁。結果，發現天秤川的河畔有一座小廟。」
「啊，那個老婆婆說，把她放回原來的地方，就是指那座小廟嗎？」
「沒錯，但M先生不知道原來在什麼地方，於是，就在早上開工前問工人，是誰把那座小廟挖出來的，結果沒有一個人知道。仔細一問，才知道前一天負責整理操場的那兩個工人剛好請假。他們是模範員工，從來沒有請過假，所以，M先生很不放心。

午休的時候，M先生去工地宿舍探望那兩個工人時又嚇了一大跳。他們都脹紅了臉，躺在水枕上，額頭上放著冰塊，正痛苦地呻吟著。原來他們昨天突然發高燒，根本無法起床。

雖然他們因爲發燒變得口齒不清，M先生還是拿著操場的示意圖，

向他們確認了小廟原來的位置。M先生把小廟安置到原來的位置，又請來八幡神社的神官做了法事。令人驚訝的是，那兩名工人神奇地退燒了。

事後才知道，那天晚上，校長也做了噩夢，看到那個老婆婆。

至於這座小廟的由來，聽說是以前天秤川的橋經常被沖走，大家稱爲無橋川的時候，爲了不讓橋再被河水沖走，決定要用人柱。你們知道什麼是人柱嗎？就是以前的人相信造橋的時候，把人活埋在裡面，橋就會變得堅固。」

「啊，好過分。」

「那個老婆婆孤苦無依，經常住在橋下，所以別人就把她當人柱。

那座小廟就是爲了祭拜變成人柱的老婆婆所建的。」

我們悄悄地望著煙雨濛濛中，校園角落那個小廟的方向。

貓屋

中村　博

白天的時候，學校裡充滿了學生活力十足的聲音、背誦九九乘法表的聲音，還有音樂教室傳來的歌聲、樂器聲，操場上也到處都是喧鬧的聲音。

學生放學回家後，學校突然安靜下來。一到晚上，偌大的建築物內寂靜無聲。不知道你們有沒有在這種時候去過學校？根本不是「可怕」

這兩個字形容的這麼簡單，只要哪裡傳來「咚」的聲音，就會感到渾身寒毛倒豎，也會擔心「是不是有小偷？」

以前的報紙經常刊登値班老師抓到闖入學校的小偷之類的英雄故事，但最近學校不再安排老師値班，即使有老師値班，校長也會交代：「萬一發生什麼事要趕快逃命，因為沒有任何事比生命更加寶貴。最近的小偷手段都很兇殘……」

以前的學校都是老舊的木造房子，所以，起風的日子，風就會從縫隙吹進來，把老師辦公室桌上的紙吹走，發出「咔沙咔沙」的聲音。尤其到了晚上，老鼠在屋頂夾層裡「嗒嗒嗒嗒」地跑來跑去，聽到的聲音和白天完全不一樣。

這所學校的校園角落種著很大的櫸樹和樟樹，枝葉十分茂密，即使白天的時候也是陰陰暗暗的。西側有很高大的西洋杉，校園周圍種的矮小樹木都是畢業生種植在這裡，給母校留作紀念。

一九四〇年左右，在巨大的櫸樹下方的值班室，曾經發生過這麼一件離奇的事。

那天輪到我住在學校值班。

半夜時，值班室內聽到白天時聽不到的山鴿叫聲。

「咕咕咕，咕咕咕。」

山鴿叫得很淒慘，我從夢中醒來，再也睡不著了。不一會兒，又聽到半睡半醒的燕子拍動翅膀的「啪、啪」聲。那些燕子在西洋杉上築了巢。

這時，還聽到遠處傳來貓叫的聲音。

「喵嗚、喵嗚。」

「喵嗚、喵嗚。」

（是不是野貓跑進學校了？）

我暗自想道。聽叫聲，似乎並不是只有一、兩隻貓在叫而已，不一會兒，貓的數量越來越多。

「喵嗚、喵嗚。」

「喵哇、喵哇。」

由於實在太吵了，我在水桶裡裝了水，悄悄打開值班室的窗戶，把水桶裡的水倒向叫聲的方向。稍微平靜了一下子，但過了一會兒，叫聲比之前更大了。

「喵嗚。」

「喵哇。」

這個聲音突然讓我害怕起來，很擔心再管閒事，會被那些貓攻擊，只好用被子把自己蓋得密密實實，一動也不動。當東方的天空漸漸泛白時，叫聲突然停止了。

早上起床後，我走去昨晚灑水的地方察看，發現學校和隔壁女校之間的大欅樹後方有一塊舊石碑。上面寫著「貓塚」。

上午，我在辦公室和其他同事聊起這件事，一位在學校工作多年的

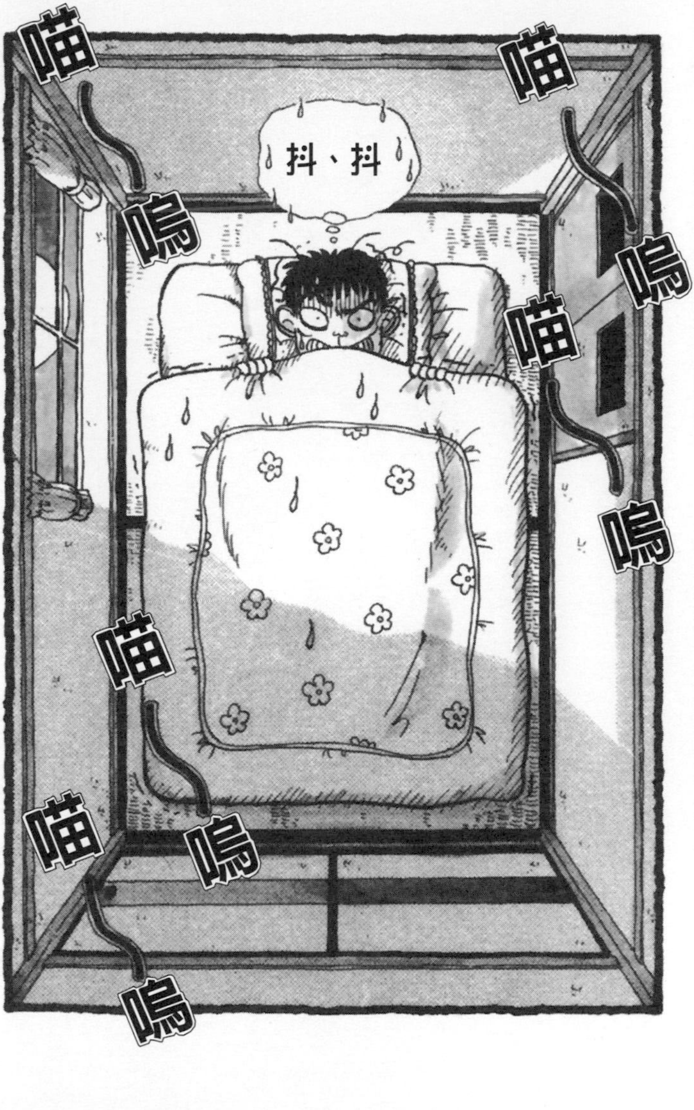
抖、抖
喵嗚
喵嗚
喵嗚
喵嗚
喵嗚

老師說：

「這個學校以前是諸侯的宅第，公主養了一隻心愛的貓。那隻貓越來越大，變成了妖怪，把欺侮公主的人都咬死了。聽說公主十分疼愛那隻貓，牠死後埋葬的地方就稱爲『貓塚』。建造這所學校時，曾經試圖把『貓塚』遷走，但工人不是受傷就是生病，似乎受到了詛咒，於是就繼續留在那裡。可能是半夜的時候，學校附近的貓都聚在『貓塚』吧。」

我立刻跑去「貓塚」那裡，用雙手合十祭拜，枝葉茂盛的櫸樹下，石碑周圍留下了無數貓的腳印。

貓塚

詛咒的老井

木暮正夫

這是發生在從東京都中心搭電車大約四十分鐘車程的埼玉縣S市K小學的事。

近年來，距離市中心三、四十分鐘的地方發展十分迅速，S市也不例外，這十幾年來，人口不斷增加，從原本七萬人左右增加到如今的十三萬人。

當人口突然增加時，就會有一些傷腦筋的事。其中之一，就是中、小學的教室不夠用。

S市的K小學決定在原有的校舍以外，增建新的校舍。

當地有名的U營造公司負責學校的增建工程，但不知道爲什麼，施工過程中，不斷有人受傷。

先是負責搭工地鷹架的工人不小心腳下踩空，跌了下去；之後，負責鋼筋的工人被用來彎鋼筋的工具夾到手指；還有用像鑿子一樣的工具敲打水泥板的工人，因爲刀尖斷裂彈到眼睛，差一點失明；把水泥運到高處的車斗鋼索把工人捲了進去……，工地接二連三地發生各種意外。

負責工程的營造公司老闆也覺得工地在這麼短的時間內發生這麼多

意外，不能用一句「只是巧合而已，以後小心一點就是了」來打發。雖然加入了勞災（勞動災害保險），但如果意外頻傳，仍會受到監督機關的關切，或是介入調查，事情會變得很棘手。而且，這攸關工程的信譽，所以不能置之不理。

「雖然是教室的增建工程，但在開工前，也曾經拜過土地公，不過，照這個情形來看，好像還是受到了詛咒……」

那家營造公司的老闆覺得工地應該有什麼造成災難的原因，於是，遇到工人中曾經是這個學校的畢業生時，就會向他打聽這裡之前是否發生過什麼事。

一位五十多歲、負責鋁門窗和裝玻璃的工藤先生說：

「我原本以爲這個年頭，應該沒有人相信這種迷信，但看來還眞的不能不信邪。我是昭和二十九年（一九五四年）畢業的，在畢業典禮前不久，食堂起火，那天的風特別大，所以整間學校都被燒光了。」

「所以呢？」

「如果說有什麼問題，我只想到一件事。當然，有些內容是我事後聽別人說的，總之，我記得教務主任死了。

那天晚上，因爲天氣太冷了，值班的老師喝了點酒就睡著了，沒有及時發現失火。

值班的老師雖然逃了出來，只有輕微燒傷而已，但可憐的是教務主任。教務主任的家離學校大約一公里左右，得知『學校失火』後，他穿上睡袍就騎腳踏車趕到學校。當時學校已經陷入一片火海，教務主任仍然執意要衝進去，不知道是不是想去校長室把資料拿出來，但被消防員攔了下來。沒想到他竟然繞到校園後方，爬過圍牆，有人看到他朝燒成一片火海的西側校舍衝了進去，之後就沒有出來。

翌日早晨，大家發現教務主任不見了，才開始急忙找他，大家紛紛說：『是不是衝進火裡，被火燒死了？』發生火災的那天晚上，校長剛好到外縣出差，教務主任很有責任心，所以覺得必須爲那天的事負全責。

火災發生幾天後的某天晚上，教務主任出現在校長的夢裡道歉：『十分對不起。』他穿著睡袍，但校長發現他的睡袍濕淋淋的，不停滴

著水。校長猛然驚醒，覺得不像是普通的夢而已。『他的睡袍濕了，難道是……』，校長感到坐立難安，不等天亮就趕到學校去，向西側校舍角落的古井裡張望，果然發現井裡有人。原來，教務主任引咎自殺跳井了。

之後，學校就把古井封了起來，大家漸漸忘記這裡曾經發生過火災和教務主任自殺的事。這次增建教室的地方剛好就是以前古井的位置，可能是教務主任的陰魂未散吧。水井不是向來被認爲連結了陰間和陽間嗎？把水井封起來，作爲校園的一部分時，教務主任的靈魂或許覺得還能夠接受，但如果要在上面建造教室，可能就覺得忍無可忍了，所以才會設法影響工程進度。我覺得至少應該找和尚來，撫慰跳井身亡的教務主任的靈魂。」

「我沒想到曾經有這種事。」

營造公司老闆立刻按照工藤先生的建議，祭拜了古井。或許是教務主任的靈魂受到了撫慰，之後的工程進行得相當順利。

七夕的孩子

望月正子

美幸如願成爲音樂大學的學生，和在入學考試時認識的妙子成爲好朋友。她們立刻興奮地相約一起逛校園。

這所學校的校區在一整座小山上，有很多樹木和草皮，校園內綠意盎然。

貼著磁磚的漂亮校舍、禮堂和學生宿舍點綴著整片綠色山頭。不時

可以看到巴哈、莫札特的銅像，很有音樂學校的味道。

「好漂亮！這裡好像公園。」

「對啊，到處都是樅樹，簡直就像是外國電影中的一幕。」

但是，有一件事十分奇怪。

因爲，在一片歐式風景中，有不少石燈籠。

「妳不覺得這些石燈籠感覺很不搭調嗎？」

「對啊，實在太奇怪了。巴哈的旁邊居然會出現石燈籠……」

「感覺好詭異喔。」

不久之後，她們就從學長、學姊那裡聽說了關於學校的傳聞。

事情是這樣的。

在之前那場名爲太平洋戰爭的戰事即將接近尾聲時，美軍也空襲了日本。

尤其是東京之類的大城市，幾乎每天都有轟炸，許多人都在轟炸中喪生。

於是，校方安排小學高年級的學生集體疏散。爲了躲避空襲，學生離開家人，和其他同學一起躲去郊外的寺廟和禮堂生活。

位在東京郊區的這一帶也有很多集體疏散來的小孩子。

沒想到，這裡也遭到了空襲和轟炸。

生活在這裡的孩子都感到很無助，經常依偎在一起。空襲時，有些孩子來不及逃，死的時候仍然抱在一起。每次空襲，就會有很多大人和孩子送命，根本分不清誰是誰，日子一久，這些屍體就變成了白骨。

有時候，那些死去孩子的父母來尋找，也無法分辨出哪一具是自家孩子的屍骨。

有些孩子的家人可能也在東京的空襲中喪生，所以，根本沒有人來找他們。

這些無名屍就埋葬在此，許久之後，決定在這裡建一所學校。在挖土建造時，發現了這些孩子的屍骨。

於是，就在挖到屍骨的地方造了石燈籠祭拜這些沉睡在地下的亡靈。

「聽說現在半夜去宿舍的廁所，會看到滿身是血的小孩子。」

「那時候，食物很短缺，所有孩子都骨瘦如柴，除了空襲以外，有些孩子是生病死的。」

「好可憐……」

美幸和妙子不時看著石燈籠，感慨萬千。

不久之後，學校舉行了七夕廟會。

學生在教學大樓前設了很多攤位，附近的市民也可以自由參加。

管弦樂隊和合唱團開始表演時，看到許多住在學校附近的孩子的身影。

暮色漸漸籠罩廣場，那些攤位上招呼客人的吆喝聲也越來越熱鬧。

美幸和其他同學在樅樹下負責賣一支五十圓的冰棒，但她們不習慣穿浴衣和木屐，當大家開始跳盂蘭盆舞時，她們已經感到筋疲力盡了。

「我不想跳舞，想要休息一下。」

美幸坐在椅子上，脫下木屐，稍微鬆了一口氣。

「我也要休息。」剛才在賣面具的妙子也來了。

美幸配合著盂蘭盆舞的歌聲，晃著木屐打著節拍，突然發現身後站了一個人。

回頭一看，發現一個看起來像三年級的女孩目不轉睛地看著冰棒的盒子。

「妳想要這個嗎？一支五十圓。」

美幸說。那個女孩一轉頭，跑去賣溜溜球的攤位了。

妙子小聲地問：「妳不覺得剛才的女孩有點奇怪嗎？」

「嗯，對啊。」

她們朝著女孩奔跑的方向看去，發現附近有好幾個梳著妹妹頭的女孩。

「妳看，這些孩子都穿著奇怪的褲子或是很大的裙子，腳上穿著平底木屐，妳不覺得很詭異嗎？」

「對啊，雖然有不少小孩，但都骨瘦如柴，感覺不太對勁。不知道是從哪裡冒出來的。」

章魚燒

炒麵
300円

「那裡也有，妳看，是男生……」

「眞的耶。啊，那個孩子受傷了！」

「啊！他跑進樹林裡了。」

她們朝樹林的方向一看，隱約看到石燈籠附近有好幾個小孩子。

「妳看，那裡也有！」

她們想要定睛看仔細時，樹林裡的那些小孩子一下子就全都消失了。

「啊，那些孩子……」

剛才出現在廣場上那些看起來很詭異的孩子也不知道什麼時候消失了。

「那些孩子……」

「是在空襲中死的……」

她們愣在原地，說不出話來。

解說　校園鬼故事

常光　徹

校園鬼故事的最大特色，當然就是校園成為鬼故事的舞台，扮演著重要的角色。

每個學校都有各自的歷史，建築物的外形和校風也各不相同，但許多學校都流傳著有關校舍的鬼故事，這一點令人感到十分有趣。

當籠統地稱為校舍時，概念十分模糊，所以不妨來仔細分析一下。首先是鬼故事經常出沒的地方，通常不是教室等學生度過一天大部分時間的地方，而是自然科實驗室、音樂教室、美術教室、體育館或是廁所等特殊教室或是學校的附屬設施。

學生在一般教室度過一整天的時間，對學生來說，那些是很平常的地方，但一個星期去特殊教室上課的時間十分有限，而且，那裡放著標本、鋼琴、繪畫和教學器材，再加上有獨特的味道、聲音和色彩，和一般教室的感覺大不相同。上課內容也以實驗、合唱、雕刻和運動等學習實際技巧爲主。

這些特殊教室內獨特的設施和工具，爲校園鬼故事增添了不少色彩，對提升鬼故事的效果發揮了重要的作用。

走進自然科實驗室，會立刻聞到一股難聞的藥水味道，架子上放著浸泡福馬林的大瓶子，人骨模型也放在教室的角落。

在某所小學，有一個學生在傍晚，獨自留在自然科實驗室的時候，背後傳來「我們來比個子，看誰比較高」的聲音，人骨模型伸出一隻手，拍那個學生的肩膀。還有很多學校都流傳著人骨模型會在半夜的時候，在學校裡走來走去。

音樂教室的鬼故事中最有名的就是有關鋼琴的事。空無一人的音樂教室傳來彈奏鋼琴的聲音，有人納悶地往裡面一看，發現已經去世的老師亡靈現身了，或是天花板上滴下來的鮮血在敲打鋼琴鍵盤；牆上掛著著名作曲家的肖像畫中，貝多芬的眼睛有時候會轉動。

美術教室也是發生鬼故事的好地方。在某個學校，學生用黏土製作的手在晚上會動起來，爬上牆壁，或是在天花板上走路。蒙娜麗莎的畫會突然露出微笑，然後伸手摸畫前的學生，令人毛骨悚然。

除此以外，空無一人的體育館內，有一顆球自行跳動；游泳的時候，泳池裡突然有一隻手抓住學生的腳；晚上的時候，樓梯的階數會增加；操場上，突然冒出一隻手，抓住正在跑步的學生的腳……等等，類似的例子不勝枚舉。

發生這種怪異現象的原因也眾說紛紜，最常見的解釋就是在學校去世的老師的亡靈作祟，或是學校以前是墓地。

松谷美代子的《學校》（現代民間故事考證7．立風書房）中提到，相同的鬼故事在各地的學校流傳。原以爲是自己學校專屬的鬼故事，結果發現其他學校也有相同的事。爲什麼會這樣？

原因之一，就是因爲鬼故事的舞台是學校這個大家共同學習和生活的環境，全國各地的學校生活幾乎相同，除了教室以外，也都有體育館和游泳池等設施。

即使是其他學校發生的事，和自己的學校一對照，也可以產生共鳴。正因爲有這些共同點，所以，日後也可能作爲自己學校的鬼故事流傳下去。

（一九九三年十月）

OH! MY GOD!!

這些地方都有阿飄～

廁所、保健室還有打不開的教室、走不到盡頭的走廊……還有剛剛到底是誰拍我的肩膀？
你們難道都不害怕嗎！！我不過只看三個故事，就已經……不過實在很想再看第四個

學校怪談 第一彈

風靡日本20多年 學校怪談來了

1. 來見老師的幽靈

插畫◎前嶋昭人
定價120

你的學校沒問題嗎？深夜的校園裡沒有半個人。
這時候，幽靈學生會回來看看老師，
幽靈老師也再次回學校來……
深夜的校園裡充滿了不可思議的事件！

2. 保健室的睡美人

插畫◎五彩恭子
定價120

到保健室休息，隔壁床鼓起的被子下面是誰？
校園裡到處都是受到詛咒的地方，
你們學校的音樂教室、體育館、廁所
和游泳池恐怕也不安全喔。當然，
保健室也不例外……。

3. 第三間廁所有花子嗎!?

插畫◎前嶋昭人
定價120

你在學校遇過幽靈嗎？你就讀的學校也有嗎？…
你們學校也有花子嗎？
遍佈全國各學校的幽靈——花子，
不信？花子就在你身邊呀……！

4. 狐仙狐仙請出來

插畫◎五彩恭子
定價120

在教室裡把狐仙請出來。你聽過狐仙嗎？
無論你想知道什麼，只要問狐仙，
狐仙或許會借助神奇的力量告訴你喔。
不過，之後可能會發生可怕的事……

© 2006 Nihon Minwa No Kai・Gakkou No Kaidan Hensyu Iinkai /
Akihito Maejima・Kyoko Gosai・Kou Watanabe・Hioko Fujita　All right reserved.

OH! MY GOD!!

一整套《學校怪談》送我們班～

你也經歷過的〝學校怪談〞大募集

你的學校裡，也有靈異事件嗎……
學校裡到處都會發生不可思議的事情。像是～
廁所的拖鞋自己走路，或是走廊變長，怎麼走也走不回去……
鬼屋、山洞、海邊、隧道、電梯……
半夜不可以玩的遊戲是什麼？寒暑假又有哪些靈異事件發生？

也想跟全國的小朋友分享你們學校的怪談吧
投稿請寄到
108台北市和平西路三段240號三樓『學校怪談大搜查小組』
錄取者就可以獲得喔！一個班級限量一套（1-8冊）！請電洽02-2304-7103

學校怪談 九月第二彈 越嚇越好看

⑤ 學校的七大不可思議

⑥ 放學後的廁所鬼怪一大堆

⑦ 半夜的謎團之旅

⑧ 學校的幽靈跟著來遠足

網站請至 時報悅讀網www.readingtimes.com.tw 學校怪談大搜查小組

每冊 120

藍小說302

學校怪談②　保健室的睡美人

編　　者—日本民間故事會　學校怪談編輯委員會
繪　　圖—五彩恭子
譯　　者—王蘊潔
副總編輯—葉美瑤
編　　輯—黃嫵羽
美術設計　周家瑤
責任企劃—黃千芳
校　　對—李玫、王蘊潔
董 事 長
發 行 人—孫思照
總 經 理—莫昭平
總 編 輯—林馨琴
出 版 者—時報文化出版企業股份有限公司
10803 台北市和平西路三段二四〇號三樓
發行專線—（02）2306-6842
讀者服務專線—0800-231-705　（02）2304-7103
讀者服務傳眞—（02）2304-6858
郵撥—19344724 時報出版公司
信箱—台北郵政 79-99 信箱
時報閱讀網—http：//www.readingtimes.com.tw
電子郵件信箱—liter@ readingtimes.com.tw
法律顧問—理律法律事務所　陳長文律師、李念祖律師
印　　刷—盈昌印刷有限公司
初版一刷—二〇〇九年八月十七日
定　　價—新台幣一二〇元

行政院新聞局局版北市業字第八〇號
版權所有　翻印必究
缺頁或破損的書，請寄回更換

HOKENSHITSU NO NEMURI HIME (POPLAR Pocket Bunko Vol.2)
Edited copyright © 2006 Nihon Minwa no kai · Gakkou no Kaidan Hensyu Iinkai
Illustrations copyright © 2006 Kyoko Gosai
All rights reserved.
First published in Japan in 2006 by POPLAR Publishing Co., Ltd.
Traditional Chinese translation rights arranged with POPLAR Publishing Co., Ltd.
through FUTURE VIEW TECHNOLOGY LTD., TAIWAN.
Traditional Chinese translation rights © 2009 by China Times Publishing Company

ISBN 978-957-13-5059-2
Printed in Taiwan

國家圖書館出版品預行編目資料

學校怪談.2, 保健室的睡美人 / 日本民間故事會　學校怪談編輯委員會編著；五彩恭子繪圖；王蘊潔譯. -- 初版. -- 臺北市：時報文化, 2009.08

面；　公分. --（藍小說；302 學校怪談；2）

ISBN 978-957-13-5059-2（平裝）

861.59　　98010309